直觉

他开门的时候是047-63-10。在上司抬头张开嘴开始说：

"很抱歉，但您应该知道。又来了。"

奇兰的下巴住了。他把手放在他的脸上，以一种纯粹的愤怒的语气问。"相同？" 点点头，继续说道： "为什么他们不能犯错并把自己从头发上吹走？这次他们走了多远？"

"一直。"

"出来吗？"

坐下，慢慢摇了摇头。"还没有，但是他们已经过了顶峰，你知道。" 的脸变得如此微微发亮。"主任，我不能因为不计算它们而受到批评。但是我估计至少已经有几百个109原子了。而且您知道，如果他们还没有进化出方法，谁也不会制造109。因此，一旦他们发现其动臂样本的行为不像轰炸室中的标准混乱物，他们就不会休息，直到找到原因，他们才会发现。那么它将是109、109、109，直到我们被迫再次破坏它们为止。"

奇兰痛苦地抬头。"我认为我不需要演讲。我钦佩他们的坚韧。我钦佩他们的野心。我钦佩他们亵渎，委屈，昧的态度，就好像这位伟大的创造者为自己的游乐场炮制了整个辉煌的宇宙。是的，"这位酋长疲倦地说，"它们并不是坏特性。归根结底是一场比赛的自尊心，我不再佩服它们了。我简直很害怕。

"是的。好，我们有时间。"

"不多。这次他们的空间潜力是多少？"

"在仍惯性相对论的壁垒上徘徊。尾巴燃烧器......化学反应引擎。载人和无人轨道飞行。在其姊妹星球上有六次着陆。不,"哈瓦内说,他看到酋长的困惑,"我不是说二号……这次他们称其为金星。我指的是他们的同轨道伴侣。月亮。他们仍然称呼它。"

酋长惊奇地抬头。他庄严地问:"你想真的有一种叫做'种族记忆'的东西吗?"

反对说:"这违反了所有理论。""但似乎有-"他的声音消失了。经过一番思考,它又回来了:"我试图对它进行整理,就好像我是其中之一。他们……呃……'古代名称'的重复出现,似乎又出现了,再次出现。他们的第二行星,现在称为金星,上次被称为,而在那之前是。"

"其他方式。"

"不管。这些名字仍在使用,根据他们的信念,只有平行的名字是从当地异教徒的宗教信仰中剔除的。"

酋长点点头。"这只是并行性的一部分。最重要的是它们遵循相同的方式。野蛮,农业,城市,按照公民科学的规则走上阶梯,但一直在争吵和斗争。我能理解和应付的地狱,暴风雨,战争和冲突,但不能理解地狱的味道,它们不会出于征服或恒星殖民主义而冒出来,他们的小私人斗争仍在继续一侧将其影响力排成一行,并使另一侧彼此陷入,直到该螺旋臂的整个部分沿着一连串的黑色粉末像溅出的火花一样闪闪发光。我希望,"他野蛮地说,"我们可以切断该臂然后将它扔进银河系外。"

摇了摇头。"把问题留给我们的孩子解决吗?"

奇兰说："我想他们有一个要解决的问题。""再过两万年，这些人将回到原先的立场上做生意。除非我们现在能一劳永逸地解决它。"

环顾四周，仿佛他正在寻找到酋长办公室的另一扇门。"怎么样？"他讽刺地问。"我们第一次向他们打招呼，在我们将地毯从他们下面拉出来之前，他们竭尽所能受到了我们的欢迎和欢迎。第二次我们将它们装箱，在将隔离屏变成进攻武器后它们爆发了。第三次，我们试图避开它们，他们利用雄心勃勃的比赛疯狂奔跑；第四次，我们错过了船，在我们不知道它们的情况下，它们在我们的后门咀嚼；包含它们几乎是一项新手工作。走进去，试图了解他们，他们用我们两个换了一个。他们不想做的两件事就变成了他们，"哈万妮的嘴唇缩着，"而且我不确定他们不会反过来跟我们交易；第二个他们需要一个，他们宣布没有用。第六个？那是最后一次，他们只是射击，好像整个星系都自动反对了。这一次？谁知道？再次坐下，将双手放在膝盖之间。

"他们不像人那样运作。明智的人解决了自己的问题，然后寻找更多。地球吗？地球的另一半与地球的另一半背道而驰。并将空间穿越到其他星球，并继续在未知领土上进行战斗。"

"也许我们最好只是承认我们不知道解决方案。然后我们可以将拖回沼泽，将这个地方弄混到另一个冰河时代，将细节载入历史，并希望我们的后代能够成为比我们聪明。"

"就像我们比遥远的祖先更聪明？" 卑鄙的。

"有更好的主意吗？"

"也许。有人真的把其中的几个拿来分析了吗？"

"这是不人道的。"

"我同意,但是-?"

"给我一个健康,平衡的样本,教育和培训要好于平均水平。可以吗?"

"可以。但是你要怎么留住他呢?"

"我不打算像在显微镜下研究虫子一样研究他。这个虫子不会消失。在十四个念珠中做到这一点,哈瓦内。"

"把它加十或减一或两个就可以了。太久了!"

卡纳维拉尔角的那头野兽高三百一十五英尺,使她的创造者变得微不足道。在龙门架上四处飞来飞去的虫子大小的人用仪器检查,拖拉软管,电缆和管线爬进检查口。在大约一千英尺外，吹起一口红色烟雾，发出平息的声音："在标记处，减十五分钟…………标记！减十五分钟！"

杰里·马克汉姆（ ）说："就是我！" 他抬头看着高高的舷窗，由于向后看，几乎失去了平衡。他是一个健康的标本，大约二十四岁，充满了生命。他花了一天的时间来完成两个例程，这些例程有时是同时执行的，而在其他时候则是串行执行的。如果维纳斯的条件是根据该理论或那个理论，则一个人又一个字母地重新陈述他的指示，包括涉及他做出决定的各种选择和意外情况。另一个是严格的体检。他们俩都没有表明杰里·马克汉姆（ ）前一天晚上没有参加上级推荐的活动，但如果他们知道，没有什么能使他反弹。他很难在聚会上活下去。

他与老板握手，走进电梯。这不是他关于适当发送的想法。应该有乐队演奏，女孩要扔纸带，鲜花和几杯饮料。莎莉应该以骄傲的口红和含泪的承诺让他离开。取而代之的是，这一切都是非常军事，严格和认真的-这就是为什么他在前一天晚上把它大声疾呼。他度过了一个美好的夜晚，并与 相处得很好，但是现在十八个小时后，他变得健康起来，渴望返回比赛。

杰瑞的心思丝毫不关心接下来的半个小时，这将是他飞行中最危险的部分。明天会好好照顾自己。从现在起三十分钟他可能死在燃烧的火堆中的可能性并没有引起他的注意，从一个小时以后可能被告知他的鸟偏离了航道，并且如果它获得了不正确的轨道，他的命运饥饿的可能性也就消失了。如果它根本不在轨道上运行，则将其突然摧毁，这丝毫不会困扰他。

他坐在那儿与官方计时器高呼倒计时，并在电话打来时支撑自己：

"零！开火！"

杰里·马克汉姆（ ）心里向内说："我们出发了！" 他开始期待着他降落在金星上。不是降落的问题，而是他从云层中飞下来时会在那找到的东西。

即使没有人看，他也决定坚持住高音，他不断地不断前进，他的收音机细细地表达了进步。震动伴随着咆哮的压力，释放跟随着冲击。方向迷路了；只有逻辑和理智告诉他他在哪里，走哪条路。

然后他有空。每三个小时就可以自由进食，喝酒，阅读和抽烟，本质上，其行为与囚禁在囚犯中的行为大致相同。相似之处并没有打扰杰里·马克汉姆，因为这是荣誉，不是惩罚。

轻松地将渔夫收下了网状螃蟹，将他收拾起来。轻松，轻松地进行。令人震惊的是，螃蟹并没有完全顺服于网。

收集了整个，人员和机器；然后以一个男人从沙丁鱼罐头上剥下盖子的姿势打开太空船。他本来可以打破气闸的，但他想让德兰人了解这幕幕背后的力量。

杰里·马克汉姆眨着眼睛出来；非常温和地想知道空气。这很好。他没有考虑没人说话的可能性很高，但他脱口而出：

"是什么赋予了？"

当其中一个穿着制服的人简短地说时，他并不感到惊讶，"这样，让它变得活泼，特兰！"

不，他并不感到惊讶。他太震惊了，以至于没有任何事情像惊奇一样简单。经历了震惊和震惊，他经历了几个月的训练。杰里·马克汉姆（）担心了他的第一个担心：他将如何把这个词带回家？

限制在他最高级的金属牢房里并没有打扰他。降落在一个离家不超过2千7百万英里的星球上的概念仅仅是花生。隔离一年只不过是一个中断，一段冒险的旅程将得到很多回报。莎莉？因此她可能不会等，但还有其他人；他设想自己在成功返回后将与俱乐部抗衡。地狱，从他的人数可能增加的那一刻开始，他们就在他起飞前将他蜂拥而至。

不，与太空主管的会面并没有使他大为震惊。困扰他的是他对局势的控制不足。如果他看到了他们并继续介绍自己的生意，他就叙述了这一事件。

照原样，他告诉别人的愿望被切断了。当他独自一人无助地坐着时，他想到他不怎么在意那垂死的人，如果那是他的全部。重要的是没有标记的坟墓。哀悼并没有动摇他；"坟墓"的物理概念及其对可模制有机物的填充完全没有。这仅仅是象征。只要人们知道怎么做和在何处，对于杰里·马克汉姆来说，无论他是被种植在一个可以保证将死肉保存一千年的硬壳棺材中还是在一个明亮而迅捷的火焰中闪耀着-它的舌头都闪闪发光，对杰里·马克汉姆都没有多大影响。人类有机化学中白炽元素的颜色痕迹。

只要人们知道 在哪里和如何。模糊，模糊，大众化的概念。花岗岩墓是一个主意，这是一个地方。用张开手指的手在包围黄道平面的天空中挥舞着，说"它在那里"，然后确定另一个地方。在金星上迷失的只是一个短语；从高级或时代广场来看，维纳斯是天空中的一个小点，比格兰特墓的花岗岩小，远不到视野。

想象会激怒。他们将其称为飞行员错误或设备不可靠吗？垂死他可以面对。愚蠢的行为将使他不得不见面，这实际上是一种象征，还是一种象征。硬件破解是概率法则的问题。不仅他的职责要求他报告，而且他的精髓呼唤一个让他们知道的声音。

任何人。

只是告诉对方人类灵魂的机会。

奇兰问道:"你是谁?你的名字和等级?"

他不高兴地说,"去死吧。"

"我们有办法。"

他说:"用'他们'。"

"如果我们说我们没有伤害;如果我们问我们能做些什么来证明这一点,您的答复是什么?"

"带我回去,让我走。"

"你是谁?你能证明自己的身份吗?"

"没有。"

"固执的特兰！"

"我知道我的权利。我们没有交战。我什么也不会告诉你。你为什么抓获我？"

"我们会问的问题，特兰。"

"你不会得到答案。" 他生气地嘲笑他们。 "折磨我，然后想知道我的尖叫是否说出了事实。给我涂药，想知道我真正相信的是事实还是幻想。"

切兰说： "请，我们只想了解您的种类。知道什么使您滴答作响。"

"那你为什么不问？"

"我们已经尝试过，但没有得到任何答案。，宇宙是一个无法理解的广阔世界。合作并给我们我们想知道的东西，其中一部分就是您的。"

"坚果！"

"特兰，你有朋友。"

"谁没有？"

"为什么我们不能成为你的朋友？"

愤愤不平地说道："您的方式不够友好，无法说服我。"

奇兰摇了摇头。"带他走。"他用自己的舌头指着。

"在哪里？我们该如何留住他？"

"到我们已经准备好的地方。并确保他的安全。"

问："安全吗？谁知道什么是安全的？一个人贿赂了他们的警卫。一个人诱骗了她的警卫。一个人从头到尾地挖了出来。消失了，死了，死了，走了，与无数的世界融为一体-一个得到了也许是一个家，以开始他们在天空中的众神的传奇；这个传奇从未从文化的兴衰中消失，从野蛮到……再到……再到元素109？"

谢兰看着杰里·马克汉姆，特兰挑衅地回头看，好像他是客人而不是俘虏。"合作，"谢兰呼吸道。

"我什么也不会告诉你。强迫我。我无法阻止。"

奇兰悲伤地摇了摇头。他说："提取你所知道的东西将不及孩子的游戏。""不，特兰。我们可以通过转盘知道你所知道的。我们需要的是你不知道的东西。笑了吗？或者是一个冷笑？无论如何。你知道的东西一文不值。你的问题和你的种族和个人的野心都是次要的，我们已经知道了，这种模式是重复性的，只改变了一些名字。

"但是为什么？啊，我们必须知道。你为什么是你？历史上有七次从泥泞中走了出来，沿着同一条路线走了七次。从野蛮到聪明的一万年的历史是七次，从野兽到光辉，并始终以同样的意志去做-做什么？为什么而死？为什么而战？"

奇兰挥舞着哈瓦那把他带走。

说："他与可以信任的守卫密不透风。现在我们如何对待他？"

"他会合作的。"

"通过武力?"

"不,。剥夺了他没有生命就无法生存的一件事。"

"食品安全?"

奇兰摇了摇头。"比这些更原始。" 他降低了声音。"他现在正遭受与世隔绝的痛苦。生活开始,抱怨它在出生奇迹期间得到的治疗,并为第一次呼吸而哭泣。生活离不开空气,有人在听着最后的话,从垂死的交流中获得的最后一条信息,人类万物,是从植物到动物再到人类的所有生命的主要动力,如果存在,那就是超人。

"通过交流生活一直在进行。交流是繁殖的首要条件。萤火虫在黑夜里向他的伴侣发出信号，人类男性用甜蜜的话语吸引了他的女人，珠宝的礼物难道不是对他不朽的爱的结晶，持久的陈述吗？"

奇兰（）放下了花开的态度，然后以一种更为随意的方式继续说："哈瓦那，将其归结为最没有吸引力的简化形式，没有生活孤独。没有交流，没有可行的生活继续下去，我将切断与泰兰的交流。"

"那么他会发呆，发疯。"

"不，因为我将为他提供替代方案。与他合作，或者完全发白。"

耸了耸肩。"在我看来，任何一个在离家很远的地方都被锁在一个硬脑膜牢房中的人，意味着没有什么东西可以从交流中切断。

"更深,更深,更腐朽。大脑被囚禁在骨头的一个细胞内。它与外界的接触沿着五个感官交流通道进行。大脑对宇宙的一切信念都是视觉向内传递的感官信息的产物,触觉,声音,味道和气味。从五个基本信息中,对大真理的认识是通过逻辑和自辩而形成的。

"但-"

"哦,现在停下来。我不是在表达自己的观点。我相信我所教的东西中有相当大的一部分,而且我是通过同样的五个感觉通道来教我的。"

"嗯。"

"很好。只是简单的'嗯。' 现在,我们将关闭该人的通讯渠道,直到他同意作为替代。这以前从未尝试过，这可能会给我们带来最后的重要信息。"

慢慢地灯灭了。杰里·马克汉姆（　）为黑暗的隔离做好了准备，他对此无能为力，因此他通过简单的过程来接受这一点，以确保自己在事情变得更好之前会变得更糟。

黑暗变成了绝对。说出。完成。甚至没有技术上称为"视觉噪声"的点，螺纹和斑点。某种程度的心理警觉使他不安；在将近二十四年里，这一直是他忙碌的一小部分。正是那个部分检查了数据以获取重要的程序材料，并确定哪个是微不足道的，哪个值得大个子注意。现在它已经失业了，因为甚至没有微弱的平稳背景噪声来引起人们的注意。

沉默变得越来越大。大脑说，坚固的墙壁离他不超过十英尺。耳朵说他绝对不在任何地方。感觉说地板在他脚下，耳朵说向上的压力碰到了他的脚底。他的耳朵越来越沉闷，方向消失了。感觉依然存在，他感到自己的心脏在以一种节律跳动，因为通过耳朵的声音反馈消失了，而催眠器失去了可听见的拍子。

感觉已经死了，他不知道自己是站着还是坐着或漂浮着歪斜。感觉死亡，随之而来的是精细的运动控制，该运动控制着肌肉和四肢的位置，使一个人可以在闭眼的情况下将小指放在鼻尖上。

除了异物的存在，干净的嘴巴的味道也是无味的。这个词是相对的。杰里·马克汉姆（ ）学会了真正的无味。它平坦而空白，一无所有。

化学家告诉我们，空气是无味，无色和无味的，但是当感觉突然消失时，人们就会意识到空气的确有香气。

在一个失业的人体内，原始的心灵感应器无关紧要，就像一个训练有素的人一样，懒散是他们最艰巨的任务。每一个感觉刺激都消失了。他的心脏从习惯中抽了出来，不受声音或感觉的反馈的控制。他呼吸了，但是他没有听到空气的涌入。大脑告诉他要小心他的嘴，锋利的牙齿会咬死舌头，他可能流血致死，从不感到疼痛，甚至咸味的咸味也不会迅速流淌。受习惯训练的神经使他的喉咙发痒。他不知道自己是否咳嗽，或者是否以为自己咳嗽。

节拍器死后，时间感使他冷清。假设可以通过饥饿，消除，疲倦来维持粗略的时间而使大脑受损。有逻辑的大脑指出，他可能饿死甚至什么都没有感觉。消除不再是一种感官的事情；疲倦的身体无论如何也没有带来任何信息-到底是什么睡眠？

脑子考虑了这个问题。大脑说，我是杰里·马克汉姆。难道没有大脑无所不能吗？当身体停止向大脑传递可靠的信息，然后对一切说到底并决定停止思考时，是否有可能出现"睡眠"状态？

叫杰里·马克汉姆（ ）的大脑并没有停止思考。它失去了时间感，但并没有完全消失。一段时间过去了，想法和梦幻般的动作不断旋转，然后平静了一段时间。

梦？现在思考这个大问题。大脑是将梦想作为一种感官体验来做梦吗？还是梦想不过是一系列记忆的组合？垂死的大脑会在一个愉快的梦中以愉悦的心情到期吗？还是只有唤醒后的大脑才能享受一个愉快的梦？

人是什么，但他的记忆呢？

杰里·马克汉姆（ ）的大脑以一种非常奇怪的方式保持了其智力取向，并意识到其物理取向是无法控制和检测不到的，因此不重要。就像灯塔管理员在每分钟五秒钟没有吹通扩音器时无法入睡一样，杰里·马克汉姆（　）的大脑充满了对完全缺乏无关紧要但习惯性数据的担忧。没有可以分类和忽略的光斑，也没有空气分子在鼓膜上下雨的痕迹。空白取代了气味和味道，它们的缺席像辛辣或有毒一样令人不安。当然，只要它不超过抵靠活动骨头的肌肉的张力就可以感觉到某种东西。

沟通是生活的主要动力。完全切断了与外部通信的联系，第6层第9层的区第13行绕到线第23行，过道，想知道发生了什么。上层甲板上的帮派为锅炉房欢呼，看台座位上的工作人员报告说，负责信息交流中心（通信信息中心）的人员坐在他们的手上，因为他们无事可做。收集了无聊的脑细胞。自从杰里·马克汉姆（　）在15年前在记忆中的拉丁语中演唱""以来，他们就没有再被要求过，于是他们开始了大吵大闹。就像礼堂里充满了不耐烦的人，因为窗帘没有按时拉开，松动了。

受周期性规律，随机分析的约束，并且通过一些相当出色的操作，可以简化为傅立叶级数。说，是正确的，并继续定义在一系列明显随机运动的组合周期中，所有小颗粒将朝着相同方向移动的确切时间。随机分析说，在大多数情况下，如果字母""在字母""之后，则以""开头的单词的第二个字母为""。

杰里·马克汉姆开始思考。孤独而孤独的囚犯，被囚禁在骨头的牢房里，没有任何东西可以分散他的注意力，大脑在共同的同意下砸了个木槌，举行了一次会议，任命了一位主席，并下定决心要完成组装大脑的工作。一致地，十到十六个存储单元在一次精神信号波动时将黄油朝上。

他想到了父亲和母亲；他的莎莉 他想到了他的指挥官以及他喜欢和不喜欢的同伴。原始的交流渴望就在他身上，因为他必须先建立交流，然后才能从石质的矿物阶段升至蔬菜的崇高地位。失去了正常的感觉，没有被诸如噪音和痛苦之类的琐事分散，以及必须考虑和评估的不可估量的大量信息，他的大脑呼唤他的记忆并提供了背景细节。

步兵齐整的步履会毁坏一座桥。

十到十六个脑细胞的节奏（不受输入信息的分散影响）打破了心理障碍。

杰里·马克汉姆（ ）像活生生的真理一样生动地想象着自己在人行道上闲逛。微风在他的脸上，人行道在他的脚下，空气中弥漫着无数的气味，香烟的味道在他的舌头上。他的眼睛看见莎莉朝他奔跑，她的问候声是一种令人欢迎的声音，拥抱的压力像嘴唇的味道一样强烈而强烈。

真实。

她拥抱他的手臂，说："您的人们正在等待。"

杰里笑了。他说："让将军再等一会。""我有很多话要告诉他。"

说："走了！" 他的声音在空荡荡的牢房中来回回荡。

凯兰重复说："走了。" "完全难以理解，但仍然是事实。但是，如何-孤立地，单独地，被监禁地-切断所有交流。所有交流-？"

"我要再拿一个标本，酋长。"

奇兰摇了摇头。"七次我们打败了他们。七次观看了它们的崛起，想知道它们是如何做到的。如果我们不阻止它们，七次他们将超越我们。让它们崛起，让他们运行宇宙他们无论如何都决心这样做。现在，我认为现在是我们停止惹恼我们更好的时候了。如果他们生气了，我不愿面对他们。"

"可是，酋长，他被切断了一切联系-？"

"很明显，"谢兰说，"不是！"

结束

www.ingramcontent.com/pod-product-compliance
Lightning Source LLC
LaVergne TN
LVHW021745060526
838200LV00052B/3492